A Sua, gracias por todos los años de felicidad.
Alicia Acosta

*Para Llum, mi gata traviesa
con la que comparto pelos y alegrías.*
Mercè Galí

Peque y yo
Colección Somos8

© del texto: Alicia Acosta, 2021
© de las ilustraciones: Mercè Galí, 2021
© de la edición: NubeOcho, 2021
www.nubeocho.com · info@nubeocho.com

Segunda edición: Septiembre, 2023
Primera edición: Mayo, 2021
ISBN: 978-84-17673-91-8
Depósito Legal: M-8957-2021

Impreso en España.

Todos los derechos reservados. Prohibida su reproducción.

Peque y Yo

Alicia Acosta • Mònica Galí

nubeOCHO

Peque era muy viejito, yo lo sabía.
Era muy viejito y estaba **muy cansado**.

Un día Peque nos miró, movió la cola,
cerró los ojos y se murió.

En casa **nos pusimos** muy tristes...

A mí, poco después, empezaron a sucederme **cosas extrañas**.

Una nube negra se pegó a mi cabeza, tanto, tanto, que no podía casi levantarla, y tenía que caminar mirando al suelo.

¡Era muy incómodo!

Además, creo que me entró **jabón en los ojos**
y no podía dejar de llorar...

¡Qué agobio!

Pero lo peor fue que un **pulpo** se agarró a mi corazón.
Me lo apretaba tanto que me dolía el pecho.

¡Fuera, malo!

Cuando se lo conté a papá, me dijo que era normal que **echase de menos** a Peque y caminase cabizbaja...

Pensé que tenía razón, pero lo de la **nube negra** no era normal. A mí nunca me había seguido ninguna...

¡Ay, vete! ¡Qué pesada!

Mamá me explicó que al perder a Peque era normal que tuviese **ganas de llorar.** Yo pensé que no era normal que el jabón en los ojos durase tanto... ¡Y mira que **me los enjuagué** una y otra vez con agua!

¡Basta ya!

La abuela me dijo que cuando se muere alguien a quien queremos mucho, **el corazón duele**.

Yo entendí lo del "dolor de corazón", pero ¿es normal que te agarre un pulpo?

¡Apretaba mucho!

Entonces recordé la suerte que tenía de haber conocido a Peque: ¡me encantaba tener el mejor **perro-almohada** del planeta! Era tan suave y tan blandito...

Aunque a veces **nos regañaban** por dormir juntos en el suelo. Bueno, ¡y en la cama también!

¡También era el mejor **perro-lavadora!** Si me caía tomate en la camiseta, Peque corría a mi lado, pasaba su lengua mágica y la dejaba como nueva. Aunque, ahora que lo pienso, también era un poco perro-aspiradora, perro-fregona...

Vamos, ¡que era un perro **muy, pero que muy limpio!**

Pero, sobre todo, tuve la suerte de tener ¡el mejor **perro-payaso** del mundo! ¡Me reía tanto con él! Daba vueltas a mi alrededor saltando como si fuera una oveja, mientras yo casi **me hacía pipí de la risa.**

Ayer por la noche soñé con Peque. En el sueño, nada más verme, empezó a mover la cola tan fuerte, tan fuerte, que **la nube desapareció**.

Luego, Peque saltó y comenzó a darme besos,
como él hacía, y con tanto lametón logró sacarme
el jabón de los ojos.

Después se puso frente a mí y comenzó a ladrar muy fuerte.
Tanto, que **el pulpo se asustó** y se marchó.

Después de soñar con Peque, me siento mucho mejor. Puedo levantar **la cabeza,** no me lloran **los ojos** y tampoco me duele **el corazón.**

Ahora lo sé...

Peque **siempre estará conmigo,** por si algún
día vuelve el pulpo, me entra jabón en los ojos,
o intenta seguirme una nube negra.

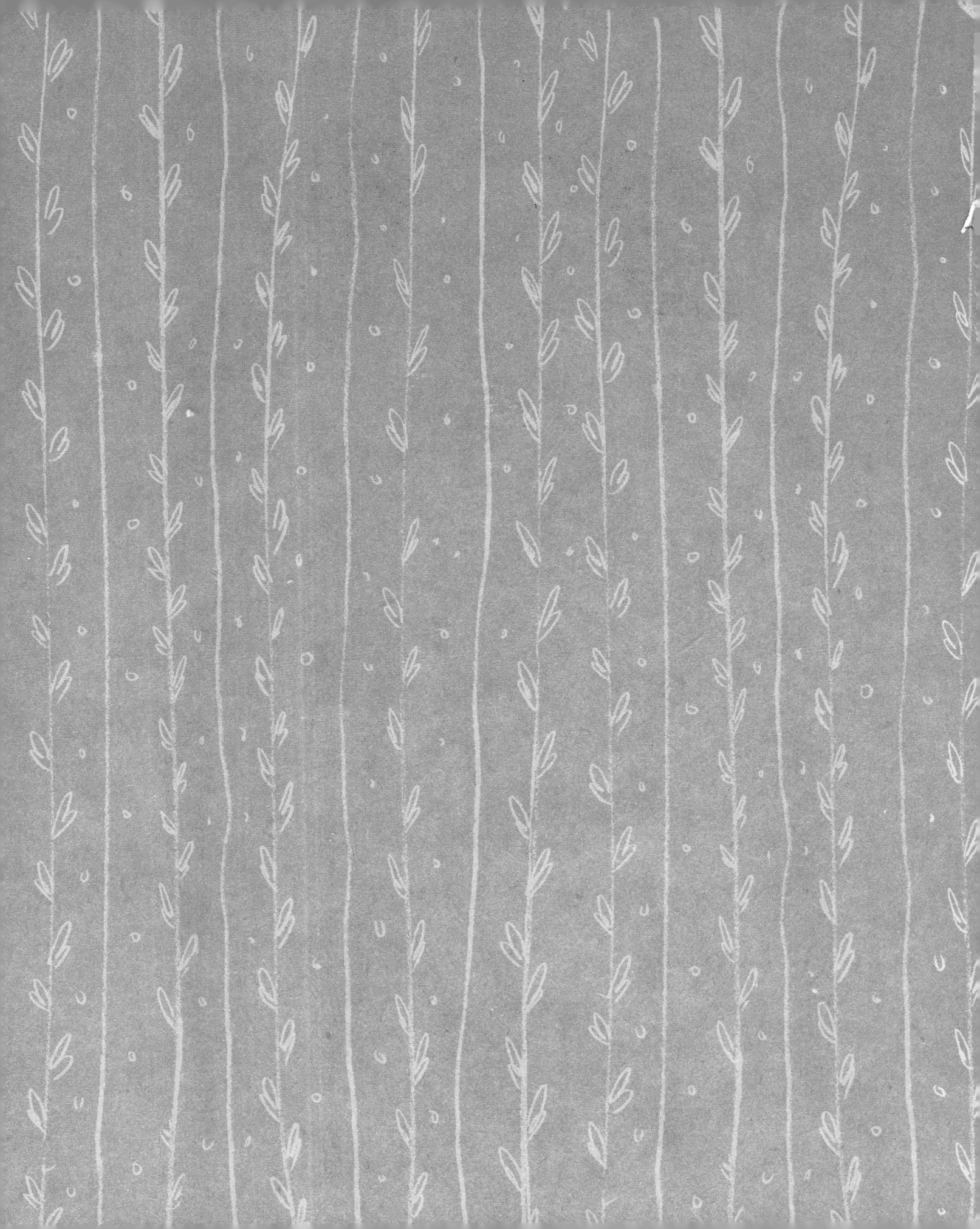